EL CUADERNO DE NICOLETA. RELATOS Y POEMAS

© Nicoleta Talpa

Diseño de portada: Dpto. de Diseño Gráfico Exlibric

Iª edición

© ExLibric, 2026.

Editado por: ExLibric
c/ Cueva de Viera, 2, Local 3
Centro Negocios CADI
29200 Antequera (Málaga)
Teléfono: 952 70 60 04
Fax: 952 84 55 03
Correo electrónico: exlibric@exlibric.com
Internet: www.exlibric.com

ISBN: 979-13-88255-35-9
Depósito Legal: MA 519-2026

Impresión: PODiPrint
Impreso en Andalucía – España

Nota de la editorial: ExLibric pertenece a Innovación y Cualificación S. L.

NICOLETA TALPA

EL CUADERNO DE NICOLETA.

Relatos y poemas

ExLibric

ANTEQUERA 2026

Carta de amor

ENERO DE 2022. CONFINADOS

Bueno, otro día pensándote…

Me seduce el silencio que hay entre imaginarme tus labios y escuchar tu voz.

Desde la ventana miro los días. Días con nieve y sol, de esos que alimentan el alma y hacen que vuelva a desear verte otra vez. Que la nieve nos devuelva las ilusiones secuestradas, cuando se derrita.

Ante una página en blanco estoy removiendo ideas. Las letras fluyen, recordando cada gesto, cada sensación que me haces sentir. Necesito rodearte con mis brazos y acariciar tu piel, pero me consuelo con todas las imágenes que pasan por mi mente. Te adoro porque de la sombra iluminas cada camino que emprendo; me miras con gusto, aunque esté despeinada o mal vestida. Recuerdo tu mirada; se me quedó grabada como una foto en el espejo que me regalaste. No es gran cosa, pero, para mí, sí lo es, porque lo compraste pensando en mí.

Pandemia y tiempos difíciles. Ahora sé qué se siente, porque lo vivo en primera persona. Ojalá pronto desaparezca este virus y podamos vernos de nuevo con la misma confianza con la que nos veíamos antes, para seguir disfrutando de estos sentimientos maravillosos que afloran cuando nos vemos. Te esperaré para disfrutar de lo nuevo que viene. ¡Por más paseos y risas, tiempo compartido!

Dormiré cada noche con la mirada que me enamoró y pensaré en la forma en que me hiciste volver a vivir. Canto y escribo por amor. Gracias por tanto. Estoy aquí esperando que llegues. Despiértame si me quedo dormida, porque tengo que confesarte que me encantaría que estemos en algún lugar muy lejos de todo esto. Así que vamos, vayamos juntos.

Invierno. La tierra descansa. Cierro los ojos y un nuevo mundo se abre bajo mis párpados.

Sueño…

¿Qué vas a hacer hoy?

Pensarte.

Remolino de hojas

DOMINGO, 10 DE SEPTIEMBRE DE 2022

No sé si los árboles sabrán que, desde el momento en que sus hojas se desprenden y caen a sus pies para nutrir la tierra y proteger sus raíces, estas vuelven a ellos.

Ojalá pudiera poseer la sabiduría, sentir lo que siente una hoja que la acarició el viento volando hasta llegar a besar la tierra. Sentir lo que siente cuando coquetea con el sol y cambia de color. Y lo que siente bajo la luz de las estrellas, bajo las nubes, bajo la lluvia…

Huele a tarde de otoño, a tierra mojada, a flores y hojas secas; la luz del sol pierde su intensidad y calidez; la nostalgia nos invade. Estamos aquí, en medio de un bosque, recogiendo hojas, rojas y doradas, de un remolino que forma el viento. Y escribo sobre ellas con una pluma, con una tinta indeleble de amor; las transformo en páginas donde escribo nuestra historia, la que vivimos.

Al final del camino, llegamos a un lago donde encontramos un muelle de madera degradado, roto, que parece haber salido de otros tiempos, donde hay atracado un barco abandonado y medio podrido. El muelle de madera nos permite adentrarnos en un espacio muy romántico, invisible para el mundo.

Llevamos hojas al barco y nos sentamos en un rincón, disfrutando del paisaje. ¡No sabía que existiera un entorno tan bonito en este lago! ¡Nadie sabe lo que siento a tu lado!

Al mirarnos, tu sonrisa me recuerda los secretos, los temblores de piernas, ese sentimiento de ser una diosa para ti cuando hacemos el amor. Cojo hojas y escribo sobre instantes del pasado que nadie nos puede arrebatar ni cambiar, y que nos hacen sentirnos especiales, únicos. Escribo mientras tú me miras. La luz y la risa de tus ojos dicen: «Te haría el amor, fuera donde fuera».

Cubiertos de hojas, arropados por los recuerdos, escuchamos la música de las hojas que danzan. A veces parecen teclas de un piano, o tal vez las cuerdas de un violín llorando de añoranza.

Sin dejar de escribir, las hojas empiezan a cobrar vida propia, convirtiéndose en una manta de colores. Inmarcesible.

Mi boca se queda muda, sin importar el tiempo, pero mis manos bailan al compás de la pluma.

El barco se balancea mientras te levantas y caminas decidido por el viejo muelle, sin miedo, hasta llegar al bosque para recoger hojas que, cuando apenas llevo escritas cuatro letras, ya me estás arrojando con los brazos extendidos.

—¡No dejes de escribir! ¡No dejes de sonreír! ¿Me lo prometes?

—Te lo prometo.

La noche está a punto de llegar, pero quiero disfrutar más. Pretendo no desperdiciar ningún segundo a tu lado.

Todavía quedan hojas y todavía me quedan palabras. Tú me miras sonriendo y sentimos esa complicidad que hay entre nosotros, incluso cuando no hacemos ni decimos nada.

Estás a gusto y me gusta, y me gusto ahí. Nos apetece quedarnos; no sentimos frío porque estamos bien arropados. Me conoces, soy así. Sería capaz hasta de cruzar el lago en este barco solo para quedarme un poco más en tus brazos.

Abrázame. Me gusta dormir entre tus brazos. Siento cosquillas en mi espalda cuando dibujas palabras con tus labios. Bajo la manta respiro tu aroma y saboreo cada uno de tus besos. Dejemos que la luna nos enseñe la belleza del camino esta noche. Guardaré esta manta y mañana recogeremos más hojas. Tendré que hablar con los árboles. Sé que entenderán que las necesitamos para nutrir nuestras raíces, porque los árboles tienen delicado el corazón y el alma libre. Y es que, si nosotros hacemos lo que sentimos, se hará eterno lo que nos hace felices.

La Navidad

Estaba ante una de las decisiones más trascendentales de mi vida y el pánico a equivocarme, a tomar una vez más la decisión errónea, me impedía dormir. Sabía que la decisión era una de las que me iba a cambiar la vida, pero recordé la sonrisa y la mirada de Nicolás cuando me invitó a pasar la Navidad junto a él, en una cabaña en la montaña, y no pude resistirme a su encanto. Reconozco que lo que más me animó a iniciar este viaje fue la emoción de poder pasar la Navidad bajo la nieve. Era la primera vez.

Nicolás es lo que siempre he deseado encontrar en un hombre: sencillo, sereno, creativo, con objetivos claros en la vida y que lucha por ellos. No niego que estoy enamorada de él y que me atrajo desde el primer momento que nos conocimos. Para mí tiene un magnetismo indefinible. Pero también temo que me deje cuando me conozca mejor, o quizá le parezca aburrida o inmadura. Es cierto que los últimos años me he centrado tanto en mi trabajo que he abandonado mi vida social, llegando incluso a evitar a la gente, porque estoy tan desacostumbrada que me molestan los compromisos; siento que me restan libertad o me incomodan las recomendaciones sobre lo que debo o no debo hacer. En definitiva, tengo pocos amigos, pero son a prueba de todo.

Conduciendo, subiendo hacia la sierra alta, los primeros copos de nieve cayendo sobre el parabrisas del coche me hacían sonreír. Fantaseaba con huir de un mundo en el que no era feliz y me iba a un lugar mejor para encontrarme conmigo misma, superar el miedo y abrir mi corazón al amor. Tuve que extremar la precaución al recordar que mi coche no iba equipado adecuadamente para la nieve. La carretera ante mí estaba completamente blanca. Ningún otro vehículo me precedía y, aunque era un espectáculo fascinante, me sentía un poco agobiada por la posibilidad de quedarme atrapada por la nevada. Más que por una carretera, parecía estar cruzando el cielo para llegar a mi destino.

«¿No querías nieve? Pues toma, aquí la tienes», me decía, mirando a mi alrededor. Estaba nerviosa y deseaba llegar cuanto antes al pueblo donde había quedado con Nicolás. Él me había advertido de que para subir hasta allí era necesario el uso de cadenas o de neumáticos de invierno, pero no le presté atención. Ya desde la carretera se veían los tejados cubiertos de nieve, como en una postal, y yo me sentía también como en un cuento, con el corazón saltando de alegría mientras aparcaba delante de la pastelería donde había quedado con Nicolás para iniciar nuestra aventura navideña. En la entrada había colgado un gran letrero donde se podía leer: «No puedes irte de aquí sin probar nuestros dulces recién horneados».

Cuando entré, me pareció estar en otro tiempo. El ambiente, con la luz tenue y una decoración creada con mimo, mezclaba sabiamente lo antiguo y lo moderno. Y también, sin lugar a dudas, una de las mejores pastelerías artesanales que he conocido. Nicolás se acercó para recibirme con un gran abrazo y, al sentir sus labios, fue como si hubiera llegado a un lugar seguro donde quería quedarme para siempre. Pedimos un café, acompañado de unas exquisitas galletas florentinas. El olor de la pastelería era una tentación y me hubiera gustado probar casi todo, desde las rosquillas de yema a la tarta de azabache, los mantecados, polvorones, todos los dulces tradicionales navideños que había. Así que encargué una cajita variada para llevar y, tal vez, con eso podríamos cenar como dos golosos esa noche.

En la sala se respiraba un aire acogedor, casi familiar, con las risas propias de un día festivo y navideño. Para colmo, junto al árbol, había una abuela tejiendo una bufanda roja. De vez en cuando nos miraba y yo sentí la necesidad de acercarme y tocar aquella bufanda. Me pareció la bufanda más bonita y calentita que había visto. La abuela me miró con dulzura sin dejar de tejer y sentí que ese lugar era mágico, como en un cuento, como si me dijera: «La grandeza de las buenas personas está en su corazón. Ilumina con tu felicidad cada momento de esta Navidad. Comparte nuevas experiencias».

Solo junto al todoterreno de Nicolás y con los copos de nieve golpeando mi cara, me desperté de ese sueño mágico.

—Esperemos a que pasen los quitanieves y nos vamos detrás. Mejor dejamos aquí tu coche y llevamos el mío. Antes de ir a la cabaña, vamos a hacer una pequeña excursión por la zona, aunque no nos alejaremos mucho para no perdernos por el bosque.

Yo estaba tan obnubilada que solo acertaba a mirarlo y sonreír; cada palabra que decía, por insignificante que pareciera, tocaba mi alma. Me encantaba tenerlo cerca, sintiendo que me mimaba, que me protegía.

Después de unos kilómetros, dejamos su coche aparcado no muy lejos de la carretera y nos aventuramos por el bosque. Hacía mucho frío a esa hora de la tarde.

—Si pasamos por ese sendero, nos vamos a pegar unas duchas de nieve muy poco aconsejables —comentó él, sonriendo cuando miré un sendero maravilloso.

Había tramos donde la nieve había tronchado las ramas y los enebros sobre el sendero. Sobre los árboles había toneladas de nieve. Estábamos en una jungla de nieve, rodeados. Era, a la vez, una pesadilla y una delicia ver filtrarse la luz del ocaso entre las ramas.

—Los escaramujos están preciosos, ¿no te parece?

Solo asentí con la cabeza, no quería estropear la magia del lugar. Ante nosotros había dos árboles que me quedé mirando unos segundos: un pino y un roble, dos razas distintas se entrelazaban, mezclándose, uniéndose, ayudándose. En la naturaleza es donde mejor entendemos la diversidad. Ojalá los humanos fuéramos capaces de tomar ejemplo de ese pino y ese roble. Pasamos el tiempo disfrutando de ese lujo que nos ofrecía el entorno, sintiéndonos más confiados el uno en el otro, ahuyentando el miedo anterior a nuestra cita y acercándonos, derribando barreras.

La cabaña de madera en la que íbamos a pasar la Nochebuena estaba camuflada entre los árboles, pero con muy bonita decoración navideña. Delante había un porche precioso, en plena naturaleza, con trineo, renos de madera, muchas figuras de animalitos y luces rodeándolo todo. Un entorno único, pero, en cuestión de minutos, el cielo se encapotó, empezó a soplar una ventisca fría y a caer una fuerte nevada. Nos sorprendió tanto que los dos reímos como dos niños que acaban de llegar a casa después de unas horas jugando en la nieve.

Por suerte, al entrar, la chimenea estaba encendida a pleno rendimiento, para poder disfrutar de la nieve y del calorcito del fuego cómodamente. La cabaña era muy acogedora, con un ambiente agradable y cálido; en el salón había un árbol de Navidad gigantesco, tan lleno de luces que ni siquiera hacía falta encender otra luz. Olía a Navidad, una deliciosa mezcla de canela, pino, copaiba con naranja…, que creaba un sentimiento maravilloso. La escalera de madera estaba adornada con una guirnalda de calcetines navideños y hojas secas. Me sentía muy feliz. Su mirada me transmitía calor, bondad, me iluminaba. Había entre nosotros una conexión a base de risas, caricias soñadas, roces que me erizaban el vello. Era como vivir un sueño a su lado. Fue un día inolvidable por el sentimiento de conectar con él y con la naturaleza, aceptando vivir el momento para disfrutar de las pequeñas cosas que nos pueden hacer inmensamente felices.

—Me gustaría que vivieras siempre feliz, cada instante, con esa sonrisa que ilumina el alma. Yo estaré siempre —me dijo.

Había una promesa en esos labios que me encendía por dentro. Me hubiera quedado junto a él una eternidad, besándolo y mirando en sus ojos el brillo del amor. Me dejé llevar cuando me cogió de la mano y me invitó a subir:

—¿Qué hay arriba? —pregunté.

—Tú y yo...

Esa noche comprendí que amar es cuidar, comprender a la persona amada, inspirarla. Amar es sentir que quieres compartir la Navidad con la persona que ilumina tu vida, que la llena de felicidad y de alegría, y no es solo compartir el tiempo, sino crear juntos la magia. Después de esa Navidad, supe que mi vida no volvería a ser la misma.

La historia de una habitación

Esta historia la trae el viento…

Ya era tarde. El sol caía sobre un atardecer rojo y naranja, de esos que parecen no terminar nunca, infinitos como ciertos recuerdos.

Me gustan las ganas, el fuego que llevo dentro. No puedo contener el amor que siento por él. Solo él conoce ese lugar al que voy; hoy regreso allí, donde el tiempo se detiene. En ese rincón se revela el misterio de la vida, y juntos somos felices.

Por el caminito de un solo sentido, antes de llegar a la casa, se ve el campo verde. A veces hay que ir más despacio para ver lo invisible. En mi opinión, la casa es un enclave perfecto dentro de aquella valla de ciprés. Desde el porche lo estoy mirando mientras corta rosas de todos los colores para mí. Se ve tan guapo en ese ambiente que, cuando se agacha, parece hundirse en colores y sensaciones increíbles, porque sus ojos brillan al cortar cada rosa. Me fascina esa sonrisa en su rostro.

Mis manos rodean su cuello. Él me coge en sus brazos y me lleva a la habitación. La luz que se filtra por la ventana crea un efecto hipnótico, como si se tratara de un laberinto espectacular en la habitación donde residen nuestras almas amándose. Es aquí donde guardo los secretos, los celos y la añoranza. Es aquí donde huele a piel quemada llena de deseo y de nuestro aroma, que la envuelve. En esta habitación es donde desnudo mi corazón ante él, sintiéndome libre. Desde el principio supe que aquí había encontrado mi hogar. Desnuda, tendida en la cama, cojo la almohada y la abrazo con fuerza, mientras él me mira desde el sillón. Puedo sentir su respiración. Es increíble cómo le habla a mi corazón.

—Vale. Déjame decirte ahora todo lo que tengo en mi mente. Deberías venir y besarme. Ya te estoy echando de menos. Estás en mis sueños y dentro de mi vida. Mi corazón sabe albergar tu amor. ¡No sé dónde estoy si no es contigo! Pero dime, ¿te conté la necesidad de mirarte a los ojos al sentir tus labios?

Confieso que adoro tu juego de dejar escrita cada letra de mi nombre por la habitación y, al encontrarlas, adoro ver esa sonrisa tuya que suma más amor. Aquí no tengo miedo de nada, ni me molesta el frío o el calor. Aquí siempre es como estar en nuestra playa, o en una isla perfecta, pero conscientes de que esta es la realidad de nuestras vidas; no hay cortes ni repeticiones.

No hay cuadros ni fotos nuestras, de nuestros momentos felices, porque las paredes están impregnadas de todo lo vivido. Y juro que cada vez que entro por la puerta de esta habitación, lo noto. Miro cada rincón y siento que esas emociones y sentimientos están aquí.

Como hace calor, han aparecido los dibujos de dos corazones que hicimos, como juego, sobre los cristales de la ventana. Las paredes presentan colores cálidos, que transmiten sentimientos de felicidad. Me encanta la combinación; tiene profundidad y armonía, como nuestro amor. La habitación es un reflejo de las almas que la habitan.

Dime si sientes que este lugar es solamente nuestro y si ves que las huellas de nuestro amor están en cada rincón.

—Lo vi. Lo vi todo en esta habitación. Quizá sean los lunares de tu cuerpo, el color de tu piel o tu forma de andar lo que me enamoró, no lo sé. Pero sí sé que tú y yo seguimos teniendo el mismo deseo cada día. Alójate en mí, desordéname, desordena mi tiempo.

Hoy me quedo aquí a vivir, a dormir, a soñar, soñar lo increíble que será mañana. Hay lugares donde uno se quedaría. Me encanta este acogedor y cálido escondite, porque es como un pequeño oasis de calma. Un paseo, un camino, un lugar al que siempre volveré para vivir la increíble locura de estar juntos. ¡Será tan bonito!

Sentirse querido te hace capaz de muchas cosas. Cuando dos corazones se eligen, no hay muralla que los detengan; no importa el día o la hora. Aquí está el epicentro de nuestra historia. El radiador está encendido, no necesito nada más y, al albur de los recuerdos, me quedo dormida en sus brazos tapados con nuestra manta blanca, sutilmente exultante.

Un tiempo para nosotros

¡Quién no sueña con un día de verano donde la arena y las olas compartan contigo respiraciones sin aliento que arden de amor!

Aquí, donde reina el silencio y mi alma baila con el viento. Aquí, en la isla, en esta playa salvaje protegida por las rocas. Aquí, donde el nuevo día aleja la noche, revelando mariposas y gaviotas.

Cierro los ojos y me dejo mecer por el sonido de las olas y el rugido del océano. Las olas golpean la costa y las gaviotas vuelan sobre mí, y todo esto me hace sentir como si estuviera caminando en un sueño. Pero te veo apoyado contra una roca, y tu cálida voz y el movimiento de tu mano me hacen ir a tu encuentro.

Se hunden nuestros pies en la arena blanca y fina mientras paseamos hasta llegar a la orilla de aguas cristalinas color turquesa.

Me sienta bien escuchar el sonido de las olas y mirar los cielos de vainilla reposando mi cabeza en tu hombro. De tu mano descubro los secretos de la isla, me siento protegida al probar el roce de tu piel. Sé que hay manos que dan vida, acariciando, sosteniendo… De la tuya voy caminando como un hada hacia un mundo oculto de magia, cubierto de brisa salada, donde conchas y océano se besan.

Caigo rendida al embrujo de las Cíes y de ti. Y de la playa de Rodas, donde paseamos y recorremos todo su arenal saltando olas de aguas frías, atlánticas, riéndonos.

«Cuando tengas frío, estaré allí para abrazarte. Mi única ilusión es levantarme cada mañana, volver a empezar y saber que debo buscarte», declaraste.

Hemos recorrido otras playas cercanas, atravesando los bosques que alimentan la sombra de los caminos, pero llega el momento, al atardecer, en que la marea alta hace desaparecer la playa y nos obliga a escalar las rocas que sobresalen al final del arenal.

Ahora sigo aquí, en la orilla, donde tus palabras me acarician con tu voz, me seducen en una calma perfecta. Me encanta el relax que produce el sonido de las olas, contemplando la salida del sol mientras al fondo escuchamos música de *jazz,* tomando una copa de vino y mirando el horizonte en esta noche de verano.

Las olas no solo mojan, también pueden dar instantes, escenas que enriquecen una mirada.

¡Qué bien sienta compartirlo contigo!

Nos mira la noche. Las estrellas aparecen y en el cielo misterioso contemplamos con asombro la constelación de Escorpio.

Hoy aquí nos sonríe el tiempo, sin horas, solo instantes donde nuestras miradas se buscan. De todas las personas del mundo solo hay una que te hace vibrar, solo una que toca tu piel sin tocarte, a la cual tú sentirás y también tocarás. Es en este lugar donde las miradas se han cruzado sin importar el qué dirán, el dónde, el cuándo o el porqué.

La luz de los guardianes de la noche nos roza, nos observa. Los faros nos iluminan hasta donde no podemos llegar. Hasta allí, donde la leyenda dice que en noches de tormentas se ve hundirse un barco pirata.

Aquí, estamos aquí, delante de las arrugas del tiempo. ¡Sigue soñando! Quiero que vivas cada instante feliz, con esa sonrisa. Que los años pasen y, además de arrugas, nos dejen buenos recuerdos. Bucearemos a través del océano…

—No sé qué decir.

—No digas nada, déjate llevar y disfruta del viaje.

La ventana

Desde aquel sitio privilegiado para escudriñar el puerto de montaña, Eva asumió el papel de observadora. Ver los cambios de temporadas desde su ventana se había convertido en algo imprescindible en su vida. Viajó a través de esa ventana y vio y sintió cosas como nunca antes.

Desapareciendo en el bosque, absorbida por la naturaleza, escuchando un coro de pájaros o escondiéndose detrás de aquellos acebos, robles, cerezos y avellanos que hacían de ese lugar un lugar de ensueño, vio pasar las cuatro estaciones.

Aquello la hacía feliz, porque la rodeaba de vida verdadera. Entonces empezó a crear un jardín alrededor de la casa, lleno de puertas ocultas y senderos que conducían al bosque.

Sentada allí, delante de la ventana, pensaba que no había nada más curativo para el alma que conectar con la naturaleza.

En cada estación disfrutaba de algo diferente. Allí el sol salía más tarde y se ponía más temprano, los vientos iban en aumento y las temperaturas eran más frías. Los árboles se llenaban de hojas en primavera. La ventana recibía golpes de flores. Aparecían multitud de mariposas, abejas y colibrís, y, al abrirla, las cortinas se balanceaban con el viento que soplaba suavemente.

En verano, Eva besaba el sol porque irradiaba en su rostro y le daba fuerzas para crecer.

En otoño, el viento soplaba las hojas y le manchaba su ventana, pero aprendió que los días lluviosos no duran para siempre y que sin lluvia nada crece.

Las noches nevadas del invierno le daban felicidad en su soledad; así aprendió a abrazar las tormentas de la vida.

Hay ventanas que te devuelven la memoria de la belleza del mundo que nos rodea y, cuando olvidas brillar, la naturaleza te lo recuerda.

Raíces

Amor, perdón por estar desaparecida. Si no me encuentras, a buen seguro, andaré buscando historias por las calles de uno de esos pueblos de la Mancha. Hay quietud en los molinos, pues resulta que también me quieren contar alguna historia.

Comienzo a escuchar a mi intuición y me dejo llevar, como en un sueño. Aprendí a nadar por el sonido de la música hasta que llegué delante de una laguna. ¡Un auténtico paraíso turquesa! Es como tener delante una gran pintura hecha de la naturaleza, que siempre crea las piezas de arte más asombrosas.

En las orillas hay carrizo, espadaña, junco y masiegas que están contorneando la laguna. Supongo que sirven a las hermosas aves que habitan en estos lugares. La luz parece desparramarse para difuminar las formas transmitiendo una enorme relajación.

—¡Detente! ¡Olvida las prisas! Siéntate y disfruta.

Permanezco en calma sentada en el tronco de un álamo que tiene las raíces por todas partes. El maravilloso silencio… El silencio me deja apreciar otros sonidos de fondo: el murmullo del lago, el movimiento de las hojas de los árboles, el trino de fondo de los pájaros… Y, así, disfrutar de un momento maravilloso.

«Las raíces siempre tienen que ir con nosotros allá donde vamos», pienso al verlas por debajo de la tierra y por dentro de la laguna. Ellas son los receptáculos del amor, los valores más altos, el lugar donde nacen los sueños y el hogar del alma, y seguro que me dejo muchas más. Es algo que solo una mujer lo puede entender, porque este lugar es único, como cada mujer. Dicen que ahora las mujeres somos increíblemente interesantes, somos más seguras de nosotras mismas, más creativas. Hay muchas historias de mujeres donde sus huellas se habían vuelto invisibles y olvidado, simple y llanamente, por ser mujeres. La historia nunca se debe olvidar. Esas mujeres vivieron una generación bonita. Entre grietas y heridas nos han dejado claro que hay motivos para ser feliz y disfrutar del amor verdadero. Nos han enseñado que las raíces de la vida son del fondo del alma, y que solo soñando mil millones de sueños puedes conseguir ser tú misma. Cada experiencia nos hace crecer, nos hace aprender, nos hace seguir…

Mirando por debajo de las ramas, descubro tres impresionantes cascadas fluyendo. Los sonidos calmantes del agua de las cascadas me hacen experimentar la magia y la belleza de cada pequeño rincón. Seguro que no me lo perdonaría jamás si no llego hasta ellas. Tengo que acercarme más a fotografiarlas antes de que se pierdan en el olvido. Voy pisando las raíces que están debajo del agua y me abro un camino, sujetándome de las ramas que bordean la laguna.

—¡Ven! ¡No tengas miedo!

Me paro un momento. El miedo… No se puede vivir con miedo toda la vida. Cada uno tenemos el futuro en nuestras manos y podemos cambiar nuestra suerte. Construye, aprende, crea.

—Te quiero a ti, a tus miedos e inseguridades. Eres amor y fuego, inteligencia y sencillez, fuerza y sensibilidad. ¡Cómo no quererte…! Me haces sentir cosquillas y besos al recordar tus palabras. Soy feliz cuando te traigo a mi mente. Quiero decirte, amor, que la imaginación vuela como tantas veces hizo: fantaseando que soy una mariposa que besa tus labios, tímidamente, para sentir la fragancia de tus besos antes de decirte «buenos días».

Al miedo le cuento que pierde el tiempo. Escucho un susurro débil en mi cabeza que me repite que todo estará bien y eso me hace seguir. Me sienta bien estar desaparecida en este verde, bajo esas sombras de azul que se están creando en el horizonte.

Qué importantes son los susurros de la mente. Nos hacen luchar y vencer nuestros miedos. Me doy cuenta de que, en realidad, urge vivir intensamente estos momentos para que no se pierdan jamás en la inmensidad del universo.

Yo también soy una más con sueños, como millones de otras mujeres que quieren escribir sus historias. He aprendido a seguir mis latidos. Mi historia nunca dependió de nadie, solo de mí, de mi mente, de mi ser, de mis raíces. Hay trayectos que, pese a ser difíciles, siempre resultan bonitos, como esta escena: es mágica porque es efímera, es solo un breve instante. Escribiré mi historia, y las cascadas se encargarán de contarla, porque ellas lo saben todo. Mi fuerza está en el amor.

Luz y emociones

Aquel día, Alejandra abrió la puerta de la clase con timidez. El sudor corría por su frente. Ni siquiera recordaba cómo había llegado a la escuela de arte.

Sus padres la animaron de pequeña a dibujar, diciéndole que tenía mucho talento y que detrás de esa timidez se escondía un genio. El sueño de su vida era ser una gran artista. Ella dibujaba con pasión, creía que en lo artístico había encontrado la forma de expresarse para defenderse de su timidez e inseguridad.

Unos años más tarde se matriculó en un curso de pintura en una escuela privada. Su idea era formarse, desarrollar su creatividad, conocer gente nueva y, quizás, algún día montaría su propia exposición.

Tenía que trabajar duro, desarrollar muchos proyectos, pero a ella no le importaba, así que dibujaba y pintaba para mejorar. Seguía los consejos de su profesora con la esperanza de que algún día crearía algo único y que su trabajo merecería una exposición en aquella escuela. Durante mucho tiempo, cada vez que Alejandra terminaba algún cuadro o hacía algún dibujo y se lo presentaba, la profesora le decía que no, que no era bueno, y se lo rechazaba. No aceptaba nada de lo que ella hacía.

El miedo de no estar a la altura la llevó a la desesperación, convenciéndose de que no valía como artista, aunque su familia y sus amigos, cada vez que les enseñaba sus obras, le decían que tenía mucho talento.

Una mañana, cuando llegó a la escuela y le enseñó a la profesora su nuevo trabajo, esta la miró con desprecio y sin apenas prestarle atención. Le reiteró, como tantas veces antes, que no. Alejandra salió de la clase con la mirada perdida, con lágrimas de dolor recorriendo sus mejillas. Se sentía una fracasada, quería esconderse donde nadie pudiera encontrarla. Desde aquel momento dejó de pintar, puso fin a lo que más le gustaba y durante mucho tiempo siguió resonando en sus oídos aquel «no» de la última conversación que mantuvo con su profesora.

Un año después, decidió marcharse de vacaciones a Finisterre, un lugar especial y mágico de Galicia, sobre el cual Alejandra había escuchado y leído desde muy joven. Cuando llegó, dejó volar su mirada y cada rincón le pareció un lugar inolvidable, de ensueño. Durante miles de años se creyó que ese era el lugar donde se acababa la tierra firme y que, si los barcos se alejaban demasiado, caerían al abismo o serían atacados por monstruos marinos.

Mientras contemplaba el océano, una lucha surgió en su interior: necesitaba dibujar aquello, aunque solo fuera para ella. Tenía que hacerlo, quería volver a sentir aquellas emociones que le producía el dibujo. Le temblaban las manos recordando el momento en que creyó que nunca volvería a dibujar, cuando pensó que ese era su fin del mundo, el fin de su carrera como artista. Sumergida en la magia del entorno, escuchando el viento, sintió que no podría negarse a dibujar algo tan increíble.

Bajó hasta el final de las rocas para acercarse lo más posible al agua y desde allí miró más allá, al horizonte, donde nace la luz, y el océano y el cielo se funden. Sus manos empezaron a dibujar con seguridad, tranquillas, en aquel silencio impresionante, como si cualquier ruido pudiera contaminar la pureza del momento. Desde allí salió una de las más bellas creaciones de Alejandra.

Sentada en una roca y disfrutando de un bello atardecer con el dibujo en la mano, se dio cuenta de que siempre hay algo más allá de eso que ella había pensado que era el fin del mundo, pues ese es un lugar donde nacen los sueños y las almas sanan. Dejó piedras y conchas con mensajes para la memoria, para todos aquellos que pasaran por allí después de hacer el Camino de Santiago o, simplemente, vinieran como visitantes atraídos por las famosas leyendas, como le había sucedido a ella.

O, quizá, esta sea la historia de una peregrina de tantas que han pasado por allí, una pasajera que quemó su ropa y arrojó la ceniza al mar en un ritual de purificación y renacimiento.

Después de bañarse en las frías aguas de la playa del pueblo, decidió empezar de cero su historia. Volvió a dibujar porque esa era su pasión, lo que a ella le hacía detener el tiempo, escapar, inventar nuevos mundos, superarse.

Ingresó en la Escuela de Bellas Artes, donde consiguió ser ella misma, dibujando y creando a su manera, y allí fue aceptada y respetada por sus compañeros y profesores. Cada vez que recordaba con tristeza aquella etapa de su vida, sonreía. A pesar de haber sido herida tantas veces, seguía teniendo sed de conocimiento.

«Se necesita mucho para empezar de nuevo, pero te debes a ti misma», pensaba.

Todo el mundo tiene una fecha de cambio en su vida. Pues ese día, en Finisterre, la vida de Alejandra cambió por completo. Aunque se apagó durante un tiempo, volvió a brillar aún más fuerte.

Viajamos para encontrarnos y perdernos al mismo tiempo, para abrir nuestros corazones y ojos, y para aprender más sobre el mundo.

Carta de San Juan

24 DE JUNIO DE 2022

Las llamas de la hoguera están ardiendo intensas en la noche, con el fondo del mar y las olas saltando al llegar a la orilla. Esta noche quiero bailar sobre la arena hasta que tú vuelvas. Lo maravilloso de bailar es que mil emociones pasan por el cuerpo y así conoceremos el verdadero ritmo de nuestro corazón.

Descalza, siento el calor de la arena, girando, mientras mi pelo baila en el aire y, por un instante, se me olvida dónde estoy. Siento que me desnudas con tu mirada, con tus besos, sin prisa. Siento tus manos, que saben amar mi cuerpo. El amor es así, es como echar ramas al fuego: salen chispas. Con la paciencia del mar te esperaré hasta que vuelvas y bailemos juntos, apretados, en un ritual del fuego, en un ritual de amor.

¡Qué bonito es estrenar sentimientos y emociones a tu lado! Sé que volverás. Se me ocurre que vas a llegar esta noche.

«Me marcho por un tiempo», dijiste antes de partir, sin saber que yo hice un pacto con el tiempo.

«Volveré para abrazar tus miedos y tus pasiones. Tú eres mi elección. Dile al mar que se calme, que te acaricie y se sosiegue para que puedas entrar en él y tu piel sienta cómo te rodea. Cuando entras en el mar, piensa que soy yo quien te envuelve y dile que se calme, que estamos enamorados, díselo. Siempre te llevaré de la mano».

Hechizada, escucho los versos de tu canción entre el sonido de las olas y el crepitar del fuego.

Y llegará ese día, aunque hoy bailo sin ti, y volveremos junto al mar, porque tú eres la marea que me empuja a bailar, a sonreír, a amar.

Mientras sigo fantaseando, los colores del amanecer dibujan el cielo. Intento finalizar esta carta que empecé a medianoche, esta es la que guardaré. También escribí otra que he quemado en la hoguera esperando que mi deseo se cumpla.

El amor no es más hermoso si lo sabe todo el mundo, lo que pasa entre los dos se queda entre los dos. Pero hay días que te echo tanto de menos que empiezo a escribir.

«No te escribo, mi amor, te transmito mis pensamientos para que cada vez que vuelvas a leer mi carta, sientas que te devuelvo lo que has sembrado en mi alma. Aprendí a decir "te amo" sin palabras, intento escribirlo en versos. Ya te cuento…».

Noche de velas

Una cita contigo, Mojácar.

Esta noche, el casco histórico de Mojácar brilla bajo las estrellas, iluminado solo por la luz de miles de velas encendidas.

Vestidos de blanco, paseamos por las calles y plazas. Prisionera de tus brazos, perdida, pero sin querer encontrarme, nos escondemos detrás de una buganvilla, besándonos, jugando. Me fascina tu voz, tu risa eriza mi piel, cada nervio de mi cuerpo te adora.

Al estar en la cima de una colina, disfrutamos de un bello atardecer. Hablándole de ti al sol, se pierde la mirada en el horizonte. Desnudas mi alma, mis labios tiemblan, tocándome solo con la mirada. A tu lado vivo momentos que no podrán borrarse nunca de mi corazón.

En un indalo decorado con velas encendidas colocamos también las nuestras, deseando atraer la buena suerte. Persiguiendo recuerdos, destinos imperdibles, ambos vamos descubriendo las calles. A veces hay que dejar a un lado la realidad y sumergirse en la fantasía.

Al oscurecer, abrazados, hemos recorrido el camino hasta el mirador del castillo, donde hemos contemplado las estrellas y la luna. Me quedaré un poco más entre tus brazos, observando cómo tu piel cuenta la emoción vivida, susurrando apremiante y apasionado: «Siempre te querré, te llevo dentro de mí. Nadie como tú, nunca».

Esos «para siempre» son deliciosos. Ojalá fuera también eterno este momento inolvidable. Llegaste a mi vida para enseñarme que el amor verdadero existe, y escribo sobre el amor, sobre nuestro amor. Junto palabras que algún día navegarán hasta la línea que separa el cielo del mar.

Suena la música, seguimos aquí, locos por bailar. Empieza una danza con fuego. ¡Por sueños más bonitos esta noche! Hazme el amor hasta que lo entienda, contigo vivo el amor apasionado.

El perfume

Cuando Sofía llegó ese día de primavera a la playa, no imaginó que aquel día le traería una gran lección. Ella aún no podía saberlo. Con la idea de comprar postales del mar, sus pasos la llevaron a un paseo muy cerca de la playa. Ese paseo se convirtió en una sala de arte al aire libre, donde los artistas compartían sus obras con los turistas. Ellos tienen la capacidad de dar vida y llenar de color un lienzo y dejarnos con la boca abierta.

Sofía se acercó a un pintor que estaba delante de su caballete con su paleta de colores en la mano. A su lado había varios cuadros al óleo con paisajes marinos. El color del cielo y del mar es el que se podía apreciar en las demás obras, pero a ella le llamaron la atención los colores que había en el cuadro en el que el pintor estaba trabajando, que era un regalo para sus ojos.

Se detuvo a mirarlo e imaginó una preciosa historia tras los aromas que sintió, pues su mente siempre buscaba la historia que precedía a la creación.

Había una puerta abierta y dentro se veía un frasco de perfume sobre el tocador. Entró en aquel espacio, atravesando la luz y el calor, en secreto, sin que el artista lo supiera. Sintió que paseaba por un mercado de flores, con la sensación de tener pétalos mojados sobre su piel. Multitud de pétalos de color rosa empezaron a caer sobre ella y sobre el frasco de perfume. Imaginó un jardín de rosas en todo su esplendor, donde estaba creándose ese perfume fresco y suave de rosas que había nacido para seducir. Al sentir la caricia de un pétalo en la mano, se la llevó a la nariz. Todo era simple, pero, a la vez, tan profundo y nostálgico… El perfume lo llevaba ella.

Despertó pensando que los pintores tienen el poder de cambiar el mundo con su sensibilidad, pero a nosotros nada nos impide viajar con los sentidos. Podemos hacer que suceda, confiando en la magia de los sueños. Debemos comprender que no hay decisiones equivocadas, solo caminos más o menos complicados para llegar al mismo sitio: a uno mismo.

El cuaderno de la vida

Se anunciaba un día nublado y húmedo, aunque por el momento solo caía una llovizna ligera. Aun así, Blanca prefería perderse, esconderse, jugar a ser, a estar, a sentir, abriendo los brazos para recibirla y, simplemente, disfrutar del día.

Blanca es una chica sensible. A veces, piensa que ser así es un problema, que la vida la atraviesa con más intensidad. Se emociona con los pequeños detalles y le duelen las injusticias, aunque no le afecten directamente. Se estremece si escucha una canción o cuando alguien le cuenta su historia. Ella escucha sin juzgar, ve lo que no se dice y entiende antes de que el otro tenga que explicar.

Estaba en la ciudad con la que llevaba soñando toda su vida y ansiaba llegar a visitar el Palacio de Cristal. Sin saberlo, fue entonces, en aquellos días estando de viaje, cuando su vida empezó de verdad. Sonriendo, mientras sentía las gotas de lluvia bañarle el rostro, cada célula de su cuerpo vibraba de curiosidad. Ansiaba llegar al corazón de Madrid, al parque del Retiro. La lluvia le daba vida, y sus pasos largos la guiaban por los rincones secretos del parque. Por eso, cuando empezó a llover con fuerza, abrió su paraguas.

«No dejes que la prisa del mundo dicte tu ritmo», pensaba al ver a una pareja paseando en una barca en medio del lago, mientras reían a carcajada limpia bajo las gotas de la lluvia.

Parecía que el amor se escondía de ella entre la dulzura de lo invisible, o que ella estaba en un tiempo en el que el amor es perfecto para otros, pero no para ella. Sin embargo, mientras esperaba que apareciera lo que tanto deseaba, decidió escribir todo en un cuadernillo con letras eternas, que salían de sus sueños, de sus ilusiones… De repente, se desató una tormenta que obligó a buscar un refugio a toda la gente que estaba paseando por el parque. Blanca entró en una cafetería abarrotada de gente y se acomodó en una silla cerca de la ventana. Poco después, miraba intensamente la página del cuaderno donde reflejó aquel paseo en el que estaba flotando entre lo desconocido, como una hoja al viento, ligera, a la aventura.

—Es precioso el espectáculo de las gotas de lluvia golpeando el lago.

Esa frase parecía sacada de un poema que alguien estaba recitando en aquel momento ante ella.

Al escuchar aquella voz de tacto suave, Blanca levantó la cabeza con sus grandes ojos y, sin parpadear, cruzó la mirada con otros ojos verdes, muy vivos, que la estaban observando fijamente.

—Sí, es precioso, pero, a pesar de ello, nosotros hemos huido a escondernos aquí dentro para no mojarnos.

Sus labios dibujaban malabares en el aire. De repente, sintió que estaba cansada de estar allí sentada. Se levantó y él la siguió a la calle. Todavía chispeaba, pero, aun así, ambos siguieron paseando por el parque, hablando y extrañándose de aquel oasis verde en medio del bullicio de la ciudad. El parque, con sus amplios y hermosos jardines, estanques y monumentos, es perfecto para pasear y disfrutar de un pícnic, alquilar bicis o navegar por el lago.

Al llegar al Palacio de Cristal, aquel pabellón romántico, pudieron disfrutar de una auténtica obra de arte y de una explosión de luz, pese a que el día nuboso no era el más adecuado para ello. Cuando tienes corazón, se nota; haces que tus momentos sean más hermosos, no es necesaria una cita. Sin haberlo planeado, hablas y paseas con alguien, sin rumbo fijo, en la misma dirección donde la magia baila con cada movimiento. Tenían sobre ellos una nube de felicidad al dejar de llover. Afortunadamente, aquella tarde la tormenta primaveral que descargó sobre Madrid se cubrió a continuación de colores brillantes en forma de arco iris. Un arco iris enorme con sus siete colores brillantes: mucho rojo, naranja, amarillo, verde, índigo y un poco de violeta en un cielo muy definido de color azul.

—¡Qué bonito! —exclamó en voz baja, como si no quisiera estropear la magia del momento. Tenía los ojos llenos de lágrimas de emoción, mostrando su fragilidad sin temor. Sentía miedo, pero era un miedo bonito, porque le brillaban los ojos al ver que él la miraba con ternura. Sonreía por dentro y se le notaba en los ojos, así que dejó de sentirse sola y apagada al tenerlo a su lado. A él le encantaba su sensibilidad y su ternura.

—Ser sensible no es solo algo precioso, es necesario: el mundo necesita más personas como tú —dijo él suavemente, acercándose mientras le retiraba un mechón de pelo de la cara.

Hay muchas personas que se cansan de la lluvia y muy pocas son capaces de apreciar y disfrutar como ellos dos, pero no es ningún secreto que sin lluvia nada crecería ni podríamos ver el arco iris. Ella ama el arco iris, es como fundirse en colores y sensaciones increíbles que encienden el alma y llenan el corazón. A veces las cosas no pasan como queremos, pero eso no significa que todo vaya mal: significa que todo va como debe ir. Entonces llega alguien que te cambia la vida y así comienza una nueva historia.

El juguete

La máquina de escribir es elegante. Para algunos es solo una pieza para decorar un rincón de la casa, o de su oficina, para conseguir un ambiente agradable. Pero, para mí, forma parte de mi vida, yo escribo con ella a diario. Me encanta el sonido, escuchar el clac, clac, clac de la máquina; disfruto escribiendo con ella. Mis dedos ya están acostumbrados a golpear las teclas. Es cierto que no puedo olvidar lo que me costó lograrlo. Días y noches estuve insistiendo desde aquella noche mágica que la trajeron los Reyes Magos.

Aquel año escribí la carta a sus majestades, acompañada del dibujo de una estrella de Oriente que había enseñado a dibujar a mi hermana pequeña. Mi hermano mayor también enseñó al pequeño a escribir su carta.

—Tenéis que disfrutar juntos y cuidar unos de otros —dijo mi padre.

Yo sabía que pedía algo muy caro. Ya no era una niña para pedir una muñeca. Estaba en el instituto y a menudo escuchaba ese milagroso sonido de secretaria. Para mis padres era un gran sacrificio, porque no solo tenían que regalarme a mí, sino a sus cuatro hijos.

—Sus majestades han leído tu carta. —Mi padre sonrió al ver mi cara de sorpresa cuando encontré la máquina de escribir aquella mañana del 6 de enero—. Hay que saber afrontar el futuro con ilusión. Ser dactilógrafa es una ocupación distinguida y digna de una mujer —me animaba para formarme en esa profesión.

La máquina de escribir había dado lugar a un oficio nuevo, casi siempre desempeñado por mujeres, aunque también había, y hay, hombres que la usaban. Pero yo aprendí a escribir porque me parecía tan original y tan bonito, casi como un arte, simplemente fascinante dominar la técnica y la velocidad a la que puedo reflejar mis pensamientos en el papel.

Hay algo muy especial acerca de la máquina de escribir y es que cada una tiene caracteres únicos, diferentes sobre el papel. No solo escribo, siento que estoy creando algo que me representa: mis escritos. Entonces, cuando aprendí a escribir con ella, no sabía que aquello me cambiaría la vida. Ahora me alegro, porque forma parte de mi existencia.

La magia existe cuando el regalo expresa verdadero amor, generosidad y, a veces, sacrificio. Todos escribimos una carta a los Reyes Magos y, a partir de ese año, yo escribí la mía con esa máquina de escribir.

Un día repasé todo lo que había escrito a lo largo de mi vida: novelas, cartas de amor, relatos, borradores… Entonces comprendí que todo estaba hecho de amor y para el amor.

¿Es posible que mis lectores se hayan aburrido con mi forma de escribir? A lo mejor estoy equivocada y la novela romántica ya no gusta. Como la nueva generación necesita algo nuevo, ¿no estaré muy anticuada? Me surgieron dudas sobre el tema de mi escritura y ya nada me parecía correcto o interesante. «Debería intentar escribir algo diferente», pensé. Pero no me es posible, porque todas las ideas y las tramas que se me ocurren están llenas de sentimientos. Bueno, debería intentarlo, a ver si me inspiro en algo diferente. Hay muchos géneros literarios, podría cambiar de estilo. Quizá deba dejar mi pasado atrás y concentrarme más en el presente y en mi futuro como escritora. Empecé a considerar seriamente buscar algún otro tema, incluso tomé algunas clases de escritura que tocaban distintos géneros. Recordé a Schumann, el compositor y pianista alemán que, aparte de tocar el piano, también tenía inclinación por la literatura y escribió poemas y artículos. Hay que intentar cosas nuevas.

Después de un tiempo, me senté ante mi máquina y empecé a escribir un relato criminal que había escuchado esa mañana en la televisión. Como estaba bloqueada, decidí que tenía que escribir cualquier cosa. Me costó, es cierto, encontrar las palabras adecuadas para crear personajes desesperados. Pero, aun así, decidí escribir. Yo escribía y ella borraba. Pensaba que era cosa mía, que la imaginación se burlaba de mí. Volví a escribir rápidamente y sin mirar el teclado, pero al final la página seguía en blanco.

¡No me lo podía creer! Volví a escribir, esta vez golpeando las teclas con más fuerza. Nada. Pensé que la máquina se había estropeado, que ya era muy antigua, aunque no me había dado ningún problema hasta ese momento. Lo intenté de nuevo, sin resultado. Me levanté convencida de que se había estropeado. Habían pasado muchos años desde que recibí ese «juguete», que para mí acabó convirtiéndose en un juguete muy satisfactorio.

Entonces se me ocurrió hacerle la limpieza que le hago cada seis meses, aunque aún no le tocaba. Empecé quitándole el polvo y dándole una limpieza suave. Esos momentos son muy especiales para mí, porque es cuando descubro nuevas partes y detalles de mi máquina de escribir. Bajo el polvo y la pintura se esconde una belleza secreta. Utilizo trapos suaves de algodón blanco, un cepillo, una pasta de dientes especial, bastoncillos de algodón y aceite 3 en 1. Mojo un trapo en agua jabonosa, retiro la cinta y busco cualquier superficie que pueda tener moho: en el carro, en los bajos de la máquina… Luego la limpio y la pulo con sumo cuidado, usando todos esos materiales.

Estamos en la época de la magia, la ilusión y la esperanza: la Navidad. La ciudad se llena de puestos de juguetes y regalos originales, tazas navideñas, galletas decoradas, escaparates atractivos y luces. Al pasar por una floristería, y entre la multitud de flores, vi una máquina de escribir idéntica a la mía, así que sentí curiosidad y entré. Compré un acebo en maceta y, al llegar a mi casa, lo coloqué junto a la máquina de escribir. Ese fue el momento en que sentí una gran necesidad de escribir y me senté ante ella. El tacto suave de las teclas me transmitió la emoción de siempre. Repasé con mis dedos toda la superficie de la máquina, como queriendo conectar con ella. Cerré los ojos buscando algo que me inspirara para mi carta a los Reyes Magos de este año. La hoja estaba… No podía creerlo: en la hoja, que unos segundos antes estaba en blanco, aparecía algo escrito:

«Confía en ti. Lo esencial de la creación corresponde al género que te representa».

Realmente, ¿quién soy yo para dudar de mí? ¿Qué sería yo sin mi pasado? Una página en blanco.

El pasado es lo mejor que tenemos cuando con la mirada perdida estamos rememorando lo bueno que quedó atrás. No podemos renunciar y olvidar algo que forma parte de nuestra existencia. Amo mi pasado, amo lo que he escrito hasta ahora. ¿Por qué dejarlo? ¿Por qué cambiarlo?

Voy a tener en cuenta esta lección durante toda mi vida.

¡Que la magia continúe!

El guindo

Se acercaba la tormenta, y sorprendí al guindo deteniendo el movimiento de sus ramas, apaciguando su agitación, como en un juego cómplice, como una llamada, pese al viento. Nunca pensé que un detalle tan simple pudiera parecerme tan hermoso e inesperado; sentí como si aquel árbol necesitara comunicarse conmigo.

Al instante, sus hojas brillantes temblaron agitadas por el aire y se estremecieron como si quisieran mostrarme sus frutos globulares, rojos y agridulces, ofrecidos como un regalo de la naturaleza. Me pareció la criatura más hermosa que pudiera imaginar, encendida en sus colores intensos. Al acercarme, las ramas se inclinaron para ofrecerme una guinda colmada de sabor y, justo en ese momento, se desató una tormenta con un fuerte aparato eléctrico. Desafiándola, miré al guindo y al cielo mientras las gruesas gotas de lluvia me bañaban el rostro y me cegaban.

¡Qué hermosa imagen la del guindo! ¡Y qué placer sentí al entregarme a la naturaleza! Ella nos nutre si sabemos amarla: es generosa y nos ofrece sus dones cuando menos lo esperamos, con solo estar dispuestos a recibirlos.

Pasear por el campo en un día de primavera

Prácticamente, el invierno ya ha quedado atrás. La primavera vuelve a llenarnos de esperanza, recompone el alma con sentimientos luminosos y nos invita, con inocencia y naturalidad, a parecernos un poco a ella. He visto los primeros vencejos adornando el cielo del campo, ese azul que vuelve especial el día y nos anima a recomenzar esta aventura al aire libre. La tierra se cubre de colores vivos, como si se hubiera vestido de fiesta. Paseamos con calma entre los árboles en flor. Todavía creo en la magia de mirar a los ojos y sentir dentro de mí el aleteo de esas alas de mariposa.

¡Me encanta ese olor a verde, a aire de campo…! Las flores rojas y blancas de los almendros atraen a las abejas con su aroma. Lentamente, el viento mece las ramas y la caída de los pétalos va tejiendo una manta bajo los árboles. Hoy, junto a una persona muy especial, he disfrutado del renacer de la tierra. Ese cuadro barroco y primaveral, contemplado desde un lugar sencillo y austero, casi minimalista, me ha llenado de paz. Ni siquiera ha faltado la intensa fragancia de las lilas, la flor más intrigante. En lo alto de un árbol, dos golondrinas trenzaban canciones nostálgicas y melancólicas. Todo el campo nos sonríe en este instante, y el sol nos calienta con una dulzura natural. Para disfrutarlo no necesitamos más que abrir los ojos y la mente. Solo dependemos de nuestro espíritu para acoger este esplendoroso momento primaveral. Su grandeza merece ser recordada en todas sus múltiples realidades. Hemos salido en busca de colores y hemos vuelto enamorados.

¡Os deseo una primavera feliz!

Obra otoñal

El otoño es el momento en que los árboles empiezan a desteñirse. Poco a poco, el cambio de color se hace visible en sus hojas. La luz del sol se filtra de una forma muy particular, derramando matices cálidos. Así comienza un nuevo ciclo de la naturaleza. Las hojas amarillas, dibujadas con delicadeza, caen sin cesar. Septiembre nos deja este relato, un canto sencillo y personal que yo llamo «expresionismo otoñal». Aunque hasta hace poco parecían resistirse, inseparables del árbol, las hojas echan a volar en cuanto sopla el viento, y sentimos la llegada del otoño en esos remolinos que se forman a nuestros pies. Son ligeras, armónicas, melodías de colores cálidos, amarillos, ocres y naranjas, verdaderos poemas sinfónicos.

Qué hermoso es este espectáculo que se renueva cada año, bailando su melodía en un escenario inmenso y conquistando a todo aquel que sabe apreciarlo. A mí, el otoño me recuerda la alegría de las celebraciones infantiles, el valor del fuego y la belleza simple de la vida. Oigo a las hojas decir en su vuelo: «Simplemente buscamos la belleza, somos muy afortunadas al transmitirte tanta hermosura». No puedo evitar sonreír cuando las veo temblar en el aire.

El almendro

En la casa de campo reinaba el silencio cuando Encarna entró. La melancolía la invadió al recordar su niñez en aquella casa, cuando regresaba y sus padres la abrazaban con cariño. Ellos habían trabajado en el viñedo que la rodeaba y fueron quienes inspiraron a Encarna a estudiar y a convertirse en una de las pocas mujeres viticultoras de Castilla-La Mancha.

Una brisa cálida y el canto de los pájaros la llevaron a abrir las ventanas, la puerta de la cocina y salir al jardín por la parte trasera de la casa. El sol apareció entre las nubes y se extendió por todo el jardín, creando una atmósfera única. Había en el aire un leve anuncio de primavera: pequeños brotes verdes asomaban entre las flores y entre los bulbos de narcisos y tulipanes. Se detuvo un momento a pensar en la alegría que sentía al ver florecer de nuevo el jardín.

Enseguida le llamó la atención la puerta abierta por la que había salido millones de veces a pasear por el campo, pues no recordaba haberla dejado así. Salió, la cerró y cruzó un pequeño y pintoresco puente para caminar por la orilla del río, hasta llegar a una parcela sembrada de trigo que empezaba a vestirse de un verde incipiente. Justo en medio de aquel campo se alzaba un almendro gigantesco, robusto y centenario, anunciando la llegada de la primavera. Desgraciadamente, cada año sus yemas se abrían antes, convirtiéndose en flores blancas y rosadas que llenaban de vida la desnudez de sus ramas.

Aquel almendro le transmitía tranquilidad y confianza. Desde la infancia había sido su confidente. Conocía su historia y jamás se la había contado a nadie. Había sido testigo de todos sus cambios, de sus pensamientos más íntimos, y siempre había guardado sus secretos. Por eso, cada vez que lo visitaba, sentía que el corazón se le alegraba. Nunca pasaba por allí sin detenerse a verlo y a contarle sus cosas. Lo hacía durante todo el año, pero al final del invierno y en primavera, en plena floración, le gustaba acompañarlo en ese proceso. Aquella renovación de la vida, que se repetía cada año, le regalaba una luz poderosa y durante mucho tiempo le daba fuerzas para seguir adelante. Para ella, en la naturaleza existía un proceso mágico capaz de recargar el alma. Podía pasar horas observándola, sintiéndose invisible para el mundo y sintiendo, a la vez, que el mundo desaparecía para ella.

Aquel día de primavera se sentó con cuidado, como si temiera romper el tapiz verde que rodeaba a su viejo amigo, el almendro.

—Siento haber tardado tanto…

Poco después, el viento empezó a soplar suavemente y varios pétalos blancos y rosados comenzaron a ondular en el aire, como una fina nevada alrededor del árbol. Aquella lluvia de pétalos la acarició, como si su amigo quisiera mostrarle su delicada belleza o tocarla a su manera. No pudo evitar esbozar una sonrisa y exclamar:

—¡Qué hermoso! Abraza los ritmos de la naturaleza y deja que nutra tu alma.

Con la vista puesta en el paisaje, recordó que allí, en aquellas tierras, había vivido lo mejor y lo peor que la vida le había dado. Allí había sentido la pasión y la ilusión del amor. Allí, a la sombra de aquel almendro, había percibido aquel aroma maravilloso y había tomado algunas de las decisiones más importantes de su vida.

Encarna se levantó y se acercó a una rama baja que colgaba. Era un deleite contemplar a los insectos y a las abejas posarse en las flores para beber su néctar. De pronto, sintió un deseo irresistible de tocar aquella rama. La tomó entre las manos y la atrajo hacia sí para aspirar su fragancia. Había algo mágico en aquel almendro: su olor suave y calmante la llenaba de nostalgia en aquel día primaveral. Solo eso bastó para convertirlo en un día perfecto.

—Estoy increíblemente agradecida de poder guardar este instante en mi memoria, como un recuerdo solo mío.

Encarna amaba profundamente su pueblo, Villarrobledo. Después de años viajando a París y Madrid por trabajo y estudios, siempre regresaba allí con cariño.

En la tranquila calidez de aquella luz suave que danzaba entre los árboles, esas imágenes la invitaron a sumergirse por un momento en la hondura del campo, a sentir la serenidad y a reencontrar una forma de conexión. Perdida en su encanto, aquel paseo la llevó a pensar en volver al día siguiente para seguir explorando aquel entorno hermoso, ahora que la primavera parecía acercarse. Sentía que el contacto con esa tierra entrañable, cargada de nostalgia, le ofrecía una calma que no era capaz de encontrar en ningún otro lugar, como si su memoria le permitiera mirar allí con más atención y disfrutar más intensamente que en ninguna otra parte. Eran sentimientos ligados a aquellos árboles, a aquel paisaje, a aquel árbol.

La naturalidad de los pueblos… Sin duda, no hay nada como la paz y la tranquilidad del campo para sacudirse las tensiones. Los días de primavera están hechos para pasarlos entre naturaleza. La magia sucede allí.

El banco más bonito del mundo

Faltaban pocos días para San Valentín, y Verónica pensaba en su exnovio mientras paseaba por una de las avenidas de su pueblo natal en la Mancha. Habían pasado casi dos meses desde aquella noche y aún se preguntaba si había tomado la decisión correcta al poner fin a una relación de más de dos años.

Ella no pedía demasiado: solo una persona que la entendiera y caminara a su lado, ni delante ni detrás.

Verónica era una joven abogada que, tras completar un máster internacional en el extranjero, trabajaba en un prestigioso bufete en España. No se había dado cuenta de que su vida profesional incomodaba a su exnovio hasta la Navidad anterior, cuando él la acompañó a la cena de empresa. Allí, rodeada de sus compañeros, escuchó cuánto la valoraban, lo talentosa que era y lo felices que estaban de tenerla con ellos. Él, después de beber unas copas, empezó a imitar su voz y a comportarse como ella, intentando dejarla en ridículo. Decía que exageraban, que no tenía nada de especial, que era una chica normal. Todos lo miraban sin entender qué estaba pasando. Verónica, todavía sonriendo, lo tomó del brazo con amabilidad y salió del restaurante. Él la siguió sin protestar y, cuando llegaron a la calle, ella le confesó lo enfadada que estaba y cuánto lamentaba haberlo presentado a sus compañeros. Le pidió que se fuera y que la dejara sola, sin imaginar que aquella despedida significaría no volver a verlo jamás. Él no dijo nada ni la miró: se alejó con pasos largos y desapareció de su vida para siempre.

A sus treinta y dos años, una mezcla de emoción y nervios la invadió al recordarlo. Se sentó a descansar en un banco junto a una fuente. Su rostro, suave y redondo, adquirió entonces una expresión serena, casi romántica, mientras levantaba la vista hacia el cielo y esperaba la llegada del atardecer.

El viento agitaba su cabello castaño y parecía susurrarle secretos bajo el rumor del agua. Ella contemplaba, extasiada, cómo la tarde iba tiñendo el cielo de tonos anaranjados que se abrían paso entre las nubes.

Entonces, bajo aquella luz, alzó la mirada hacia el lado derecho del banco y vio, muy cerca de ella, a un chico de pelo negro. Él la observaba con una inquietud dulce. Las gafas de sol oscuras ocultaban sus ojos, pero Verónica alcanzó a ver su sonrisa cuando se acercó y se disculpó por invadir su espacio al sentarse junto a ella. Él se había enamorado de ella de manera instantánea. Se quitó las gafas y, entonces, ella descubrió unos ojos verdes, misteriosos, que miraban en la misma dirección que los suyos.

Horas después, la luna fue testigo de sus besos. Todo tuvo una ternura única. Ambos deseaban lo mismo: conocerse, dejarse llevar por aquel encuentro secreto, por aquella dulce aventura. Esa locura inesperada, nacida unos días antes en aquel banco, le había devuelto la ilusión a Verónica. Desde ese instante, la vida cobró otro sentido para ella. El chispazo entre los dos fue tan intenso que ya no pudieron separarse.

Unos días después, al despertar, estaba sola. Abrió los ojos, miró hacia el lado vacío de la cama y vio, sobre la mesita de noche, una carta con su nombre apoyada en la lámpara. Estiró el brazo, la tomó entre las manos, la abrió y empezó a leer:

«Hoy es nuestro día, amor.
Durante mucho tiempo he esperado un amor como este.
Han pasado muchos años, pero sabía que vendrías.
¡Mucho éxito hoy con tu caso!
Te espero esta tarde en el banco más bonito del mundo».

Se quedó profundamente sorprendida de que le hubiera escrito, pero el gesto le pareció maravilloso. ¿Podía existir un regalo más hermoso? Solo con imaginar su rostro mientras escribía aquella carta, sonreía; el corazón se le derretía ante ese detalle. Y, aun así, sentía tristeza por no tenerlo delante para abrazarlo. Cuando una está enamorada, solo piensa en estar con la otra persona, en amarla y besarla tantas veces como quiera. Enamorarse es una experiencia hermosa y casi mágica, una fuerza que te prepara para enfrentarte al mundo y a todos tus problemas, porque sabes que alguien caminará contigo a través de todo.

Había leído aquella carta mil veces antes de salir corriendo de la cama. Ahora se arreglaba deprisa para no llegar tarde al tribunal, donde la esperaba un caso especialmente difícil.

En el banco más bonito del mundo, Verónica conoció el amor sano: un amor que suma, en el que no necesitas gritar tus logros porque la otra persona ya los ve y los celebra contigo.

Verónica sabía que era una fecha mágica. Por la tarde acudió a su cita, se acercó, se sentó a su lado en el banco y contempló con él un hermoso atardecer, como si en aquel instante existiera una promesa de para siempre.

A veces, los lugares más inesperados se convierten en testigos de los momentos más significativos de nuestra vida.

La primera nevada

Antes de salir, se miró en el espejo y sonrió, satisfecha al descubrir de nuevo a una mujer de aspecto cuidado. Sin darse cuenta, se había abandonado por completo. Pasó varios días sin salir, vagando perdida por la habitación de su casa, hasta que algo en su interior la empujó a hacer algo distinto: marcharse de allí, escapar, encontrar el camino hacia el cambio. Ese impulso la llevó a pasar la noche en una acogedora cabaña del bosque.

A la mañana siguiente, su ánimo había cambiado. Se sentía mejor que nunca y no quiso dejar escapar la oportunidad de hacer algo memorable. Decidió salir, a pesar de la posibilidad de perderse o quedarse helada, porque el encanto de aquel lugar era simplemente irresistible.

Al cerrar la puerta de la cabaña, sintió que el aire frío le atravesaba el cuerpo. Caminaba con el deseo de atrapar la calma de aquella mañana de invierno. En los tallos de las plantas y sobre las ramas de los árboles brillaban finos cristales de hielo. Era fascinante contemplar cómo la naturaleza parecía haberse detenido, cubierta de blanco. Aún no se había alejado demasiado y todavía le llegaba el olor a humo del horno de la cabaña, pero siguió avanzando.

De pronto, sopló una ventisca y la nieve golpeó sus labios, sus pestañas, sus mejillas…, borrando sus huellas. El crujido de la nieve bajo sus pies la hizo sonreír y entregarse a un vals sereno entre la blancura. No sabía qué traería el día de mañana, pero comprendió que una de las formas más hondas del romanticismo invernal era caminar sobre la nieve. La primera nevada de aquel invierno le enseñó que cada día tiene su valor, si sabemos mirar, ver, escuchar y sentir; si aprendemos a guardar esos momentos felices, aunque duren solo un instante.

Las rosas

Nos sentimos atraídos por la belleza de una rosa, pero es su perfume lo que termina de conmovernos. Al mirarla, nace en nosotros el impulso de acercarnos e inhalar su fragancia. Al tocarla, su delicadeza nos maravilla y nos hace sentir agradecidos por tenerla ante nosotros.

Una rosa ejerce un poder silencioso sobre el corazón: puede decir «te quiero» sin palabras, pedir perdón o dibujar una sonrisa dulce cuando más se necesita. Entre sus pétalos parecen esconderse mensajes como «¿dudas que te querré siempre igual?» o «mi corazón te es fiel, solo te quiere a ti».

Si pensamos en cada rosa por separado, podemos percibir su aroma y sus distintos matices, capaces de transportarnos a un mundo suspendido entre la realidad y la fantasía: las rosas blancas simbolizan la pureza y la inocencia y, quizá, por eso me parecen las más hermosas; las rojas, en cambio, atraen de inmediato la mirada con la intensidad de su color y llenan los sentidos de pasión. Me recuerdan el deseo profundo que he sentido más de una vez cuando me las traías. Entonces sonreía y mi alma se colmaba de felicidad al instante; las rosas rosadas me devuelven la imagen de tu mirada, llena de admiración y ternura, cuando me las entregabas y me decías que me necesitabas. Al sostener entre mis dedos un capullo amarillo, siento alegría y una íntima satisfacción. Y no puedo dejar de hablar de las lilas, aquellas que me hicieron sentir el deseo y la seducción de tus caricias. Rozar con los labios una rosa naranja despertó en mí ese sentimiento que me une a ti: estar enamorada y ser feliz al mismo tiempo, porque a mi lado habita un amor pleno.

Confía en ti

Tómate un descanso. Siéntate en esa tumbona que tanto te gusta. Ahora relájate y reflexiona. Invita a tu imaginación a hacerse presente. ¿No te sientes satisfecha con algunas de las decisiones que has tomado en tu vida? Corre. Solo tú puedes cambiar el futuro. Aunque ahora pueda parecer irreal, cree en ti. Si eres fiel a tus intuiciones, lo lograrás. Basta con imaginarlo para que ya haya comenzado.

¿Recuerdas aquel verano en que pensabas que para la próxima Navidad ya serías mayor de edad? Sonríe. Ha pasado mucho tiempo desde entonces, pero quizá mirar desde otra perspectiva pueda ayudarte. Abre el baúl de los recuerdos. ¿Sientes esa inmensa felicidad? Has encontrado lo que necesitabas. Nunca has escondido tus sentimientos, siempre has estado abierta a la vida; por eso, no debes arrepentirte de las decisiones que has tomado hasta ahora. Solo tienes que guiarte a ti misma: ese impulso nace de tu imaginación. No dejes que el peso del pasado te venza. El tiempo es tu aliado.

A medida que avanza, comprendes que puedes hacer cualquier cosa que te propongas. Puedes subir a la cima de una montaña sin escaleras y, al llegar al borde del abismo, mirar hacia lo lejos. Allí, tal vez, te parezca difícil continuar, pero piensa que siempre puedes tomar una pluma y empezar a reescribir tu futuro. Recuerda entonces que las plumas vuelan tan lejos como alcance tu imaginación.

Piensa también que, si reparas un viejo barco varado en la orilla, podrás devolverlo al mar. Sueña en grande, pero no olvides abrazar la realidad. No olvides quién eres: la clave está en tus actos. Si puedes, rompe con aquello que repites por costumbre. Con devoción y fe en ti misma, podrás cambiar el rumbo de tu vida, si ese es el verdadero sentido que deseas darle.

Viajamos por el tiempo. Con cada minuto que pasa, aprendemos y sentimos algo nuevo. Son lecciones que se transforman en recuerdos: éxitos, fracasos, alegrías y tristezas que permanecen en la memoria. Pero lo único que de verdad podemos guardar para la eternidad vive en nuestra alma. La llave la tienes tú.

Para ti

Quiero convertirme en viento y serlo todo en cada instante de tu vida.

Quiero ser el viento para besarte, suave, entera, en un solo beso.

Quiero convertirme en viento para ti, para mí.

Quiero que me sientas como una brisa leve erizando tu piel, con mis caricias, con mis labios, cuando ardes como el sol del verano y en mí prende el fuego de tu risa, cuando te entregas y todo se vuelve una caricia eterna. Escucho el aleteo de las aves en pleno vuelo, y en el mío quisiera rozarte con hojas y flores de cada estación.

Quiero llenar tu vida de colores y aromas cuando me necesites, cuando me eches de menos, cuando la distancia me aparte de ti.

Quiero convertirme en viento y llevarte a un lugar que sé que te hará sonreír, cuidarte, mimarte, quererte.

Y aunque ya no viva, aunque me transforme en estrella, atravesaré el aire para verte y hacerte sentir que sigo a tu lado, delante de tus ojos, cerca de tu ser.

Quiero que me sientas, que me recuerdes, discreta, como el viento.

Quisiera ser eso: el viento, la brisa, la luz de tu camino cuando atravieses noches de tormenta por la ruta de Don Quijote, cuando cruces la Mancha por la avenida de los Viñedos, cuando mires los molinos o abras alguno de tus libros favoritos.

Quiero soplar y derribar los muros de papel, evitar que te pierdas en el tiempo, hacer que de pronto todo te vaya bien.

Quiero que sientas mis ojos mirándote en el silencio, más allá del tiempo y de la distancia; que permanezca siempre en tus recuerdos y en tus sueños; que no olvides la conexión que nos une ni nuestras risas, esas que vivirán en nosotros para siempre.

Soy el viento. Te llevaré a un espacio donde pueda escucharte, donde pueda decirte que nada ni nadie me hizo sentir lo que sentí cuando cerré los ojos y te besé por primera vez. Endulzas cada instante en que vuelo a tu lado, silenciosa, con esa manera tuya de mirarme.

No se te ocurra llorar: la grandeza de nuestros deseos es más fuerte que todos los miedos. Nadie podrá negar nuestro amor eterno. Nuestros pasos volverán a encontrarse y volarán, como el viento. Aunque no nos veamos durante un tiempo, mi mente recordará tu nombre, y el mío te lo llevará el aire. Sentirás mi respiración cerca de ti cuando el viento sople.

Quiero convertirme en viento para volar contigo todos los días de tu vida.

Siempre hay nuevos vientos…

Tarde bohemia

No quería hablar de mí, pero inventé un lenguaje para hablar conmigo misma cuando no estás a mi lado.

¿Sabes cuántas palabras puedo dedicarte solo con pensarte, con imaginarte? Si supieras cómo te recreo en mis pensamientos cuando el mundo me pesa…

Recojo todos los momentos vividos para no sentirme sola. Mi vacío te convoca. A veces, te imagino, te dibujo con la memoria. Hay una paz que me visita cuando pienso en ti. A veces te oigo decir que estarás allí, solo para mí, sin importar dónde esté o hacia dónde vaya, como una promesa. Tu voz es el hogar donde descansan mis pensamientos cansados. Y noto tu abrazo, piel con piel, atravesando el tiempo; con el roce de tus manos se borran mis temores. Y cuando eso sucede, absorta en mis recuerdos, vuelve a mí el olor de tu perfume.

Recuerdo cómo llevas tu jersey favorito sobre los hombros, aunque sea solo para prestármelo si refresca durante nuestros paseos.

Recuerdo aquella tarde que sabía a champán, vino y poesía, mientras caminaba con los tacones en la mano. Iba descalza entre los viñedos, unida a la tierra. Encontré un camino en medio de la oscuridad. En cada rincón se respiraba historia.

Fue uno de esos momentos en los que el corazón late con fuerza al descubrir un paisaje melancólico. Levanté los ojos, miré todo lo que me rodeaba y vi un castillo antiguo, escondido entre viñedos infinitos. El campo me abrazaba con su luz dorada y su aroma a uva madura. Me senté en un banco viejo, desgastado por la lluvia, la nieve y el descanso de tantas personas que, antes que yo, debieron sentarse allí a sentir con el alma.

Bajo aquel silencio escuché el eco de tu risa; tu voz me llegó al pecho como una vibración lejana. Imaginé que me leías poemas con esa voz tan hermosa en una tarde bohemia.

El pasado imaginado de aquel paisaje me conmovió: era una fusión de tradición, tiempo y espacio. Sentí que yo también formaba parte de esa larga cadena de generaciones que trabajaron aquellos campos y los vendimiaron. Imaginé su cansancio, sus risas, sus ilusiones… Fue como habitar un pasado inventado, una leyenda propia.

Quién sabe lo que permanece. Esos campos están hechos de cicatrices que un día se volvieron flores. He sentido tus pensamientos acariciando los míos: somos dos creadores que vuelan juntos hacia la ilusión.

El techo de los árboles

Cuando me preguntaras hasta cuándo te amaré, te respondería con la dulzura de un puñado de letras, porque escribir me salva.

Cuando me miraras con tu sonrisa tímida, sorprendida, te diría que me gustaría mirarte eternamente.

Mi corazón guarda un archivo de fotos nuestras; en todas somos felices. Pero la vida renace cada día, y yo quiero vivirla a tu lado, saborearla, compartirla contigo a cada instante. Amo tu presencia y esa mirada tuya que me abraza.

Si pudiera, te dejaría una parte de mí para que sintieras todo lo que me habita, para que supieras que tu presencia arropa mis sueños, mis anhelos, y que tú eres mi trébol escondido entre la hierba, el verde y el cobrizo de las hojas de los árboles de mi jardín.

Aquí estoy, bajo el techo de los árboles, en un domingo de septiembre, contemplando el ciclo de la vida.

Y si me preguntaras cuánto tiempo te necesitaré, te respondería: «Hasta que el tiempo escriba en mi piel… y aún más, si me fuera posible».

Reflejos

Con cada acto de bondad, el mundo está sonriendo.
En silencio, susurros de paz flotan bajo el cielo estrellado, cuando descubre lo hermosa que es la luna, reflejando la brisa de la libertad.

Navidad en Viena

Era un frío mes de diciembre en la pequeña ciudad de Albacete, vestida de fiesta. Las luces brillaban en cada rincón, pero Alicia no sentía en el aire el espíritu de la Navidad. Tenía veinticinco años y trabajaba en la secretaría de un colegio. Desde hacía tiempo deseaba cambiar algo en su vida, y quería que aquella Navidad fuera distinta.

Una noche, buscando en internet ciudades europeas donde pasar esas fechas, descubrió imágenes navideñas de Viena y quedó fascinada.

«Reservaré mi viaje. Será otra aventura».

Pensó en ello antes de dormirse, ilusionada con la idea de pasar la Navidad en aquella ciudad de ensueño.

El día del viaje llegó. Se levantó temprano y se dirigió al aeropuerto. Durante el vuelo, miró por la ventanilla e imaginó cómo sería la ciudad que la esperaba. Al aterrizar, el frío de Viena la recibió con una bocanada helada. Desde el aeropuerto decidió tomar el tranvía hasta el centro para ver el famoso mercado navideño. Mientras avanzaba, observaba cuanto la rodeaba con una mezcla de curiosidad y asombro.

Cuando bajó, se quedó maravillada. El mercado era un espectáculo de luces, cúpulas doradas, enormes árboles de Navidad y adornos resplandecientes. El aire olía a castañas asadas y galletas de jengibre. Viena prometía una Navidad mágica. Su hotel estaba muy cerca: un edificio antiguo, con balcones cubiertos de nieve, que en ese momento caía sobre la ciudad como azúcar glas. Alicia recordó entonces que siempre había soñado con encontrar el amor, especialmente en Navidad.

De pronto, un pequeño grupo de niños apareció frente a ella. Vestían trajes tradicionales y cantaban villancicos. Alicia contempló la escena embelesada. La música tenía algo encantador y, cuando terminaron, todos aplaudieron con entusiasmo. La tarde fue avanzando y la noche empezó a acercarse. Las luces del mercado se encendieron, creando una atmósfera aún más hermosa.

Fue entonces cuando descubrió un puesto donde vendían bolas de cristal con nieve en su interior. Quedó fascinada. El vendedor, un anciano de barba blanca, enseñaba una a un joven y le explicaba que cada una representaba un deseo y contenía un pequeño mundo en miniatura. Alicia compró una también. No podía dejar de sonreír al ver cómo la nieve caía lentamente dentro de la esfera, como si fuera real.

El joven que estaba junto a ella se quedó observándola. Unos segundos después, le propuso tomar un chocolate caliente. Para su sorpresa, hablaba un castellano excelente. Alicia pensó en negarse, pero decidió dejarse llevar. Caminaron juntos por las calles nevadas de Viena, y él le contó la historia de aquellas bolas de nieve, que ella desconocía: habían nacido en la ciudad más de un siglo atrás y muchas seguían haciéndose a mano.

Al llegar a una cafetería, pidieron chocolate con nata y galletas de jengibre en forma de hombrecito. El chocolate era tan espeso y dulce que a Alicia le pareció un abrazo tibio en medio del frío.

—Me llamo Alexander —dijo él.

Alicia, un poco nerviosa, respondió con su nombre y, solo entonces, se detuvo a mirarlo de verdad. Era alto, de pelo castaño y rizado, y tenía unos ojos azules que recordaban al cielo de invierno.

—¿Qué planes tienes para estos días? —preguntó él.

Alicia le habló de su idea de pasear por la ciudad y disfrutar de Viena hasta después de Navidad.

—Quizá mañana podríamos ir a la ópera —propuso Alexander—. Es temporada de bailes vieneses.

—Suena maravilloso —respondió ella, sintiendo que las mejillas se le encendían de pronto.

Pasaron la tarde hablando, riendo y conociéndose mejor. Alexander le contó que era profesor de literatura, y que de ahí nacía su pasión por los idiomas. Alicia, por su parte, le habló de su amor por los libros y de su sueño de viajar por el mundo. Mientras conversaban, la nieve seguía cayendo al otro lado de la ventana. A Alicia le pareció que, además de atractivo, Alexander era amable, inteligente y divertido.

Al día siguiente se puso su vestido rojo favorito y un abrigo blanco de lana. Cuando lo vio llegar para recogerla, sintió una mezcla de nervios y emoción. Al entrar en la Ópera Estatal de Viena, quedó deslumbrada: la orquesta tocaba en directo y las parejas bailaban valses con trajes deslumbrantes, envueltas en una elegancia que parecía de otro tiempo.

—Es precioso… —murmuró Alicia.

Alexander la miró con una ternura serena y le tendió una pequeña caja.

—Esto es para ti, para que recuerdes nuestra Navidad en Viena. Sé que apenas nos conocemos, pero sentí algo muy especial por ti desde el instante en que vi cómo mirabas aquella bola de nieve.

Alicia abrió la caja y encontró dentro una esfera de cristal aún más hermosa que la del mercado. Lo abrazó, conmovida. Nunca una Navidad había sido tan especial para ella. En aquel instante sintió que su sueño de encontrar el amor en Navidad se había vuelto real.

Viena, con su nieve y sus luces, le había regalado algo que no esperaba encontrar tan lejos de casa: un amor verdadero. Y comprendió que la Navidad no era solo una celebración, sino también un recordatorio de que el amor y la alegría pueden aparecer cuando elegimos mirar con el corazón la magia que nos rodea.

El copo de nieve

En Trevélez, el pueblo más alto de la península, los paisajes son espectaculares. Todo son cuestas, calles estrechas y empedradas, una autenticidad que lo convierte en uno de los pueblos más bonitos de España y también en uno de los primeros en recibir las nevadas del invierno.

Un frío día de diciembre, dos semanas antes de Navidad, un niño llamado Rubén esperaba con impaciencia el regreso de su madre del hospital. Su corazón latía con emoción, pero también con un poco de miedo. La casa aún no estaba decorada y tampoco habían comprado el árbol. Su padre le había prometido que, en cuanto mamá regresara, irían los tres a buscar uno y adornarían la casa como una familia feliz.

Rubén miraba por la ventana, con la nariz pegada al cristal empañado, mientras los copos de nieve caían suavemente del cielo. Sabía que, sin su madre, la Navidad no sería igual. Era ella quien lo llenaba todo de magia: preparaba galletas de jengibre, ponía villancicos y contaba historias maravillosas sobre esas fechas.

Entonces recordó una vieja leyenda sobre los copos de nieve. Justo en ese instante, uno se quedó pegado al cristal, frente a su rostro, y dibujó una pequeña flor de hielo. Rubén parpadeó. Aquel copo brillaba de un modo distinto a los demás, y se le ocurrió una idea: salir a la calle y hacer un muñeco de nieve.

«Haré algo para sorprenderla», se dijo.

Todo estaba cubierto por un blanco luminoso, y él levantó la mirada al cielo esperando ver caer aquellos copos mágicos. Extendió la mano y uno de ellos se posó suavemente sobre su palma. Por un instante, sintió una conexión extraña y hermosa con la naturaleza, como si formara parte de todo aquel paisaje. El copo pareció comprender la tristeza de aquel niño, pero también su esperanza.

—¡Hola, Rubén! —dijo de pronto, dejándolo boquiabierto—. Cada copo de nieve puede conceder un deseo, y yo he venido para ayudarte a cumplir el tuyo.

Rubén pensó enseguida en lo que más deseaba: quería que su madre volviera pronto a casa, sana y feliz. La echaba muchísimo de menos.

En ese mismo momento oyó el sonido de un coche. ¡Era su padre! Y en el asiento de atrás venía su madre.

Ella bajó despacio, con cuidado, envuelta en una gran bufanda blanca y con una sonrisa inmensa.

—Mi pequeño explorador… —dijo con ternura.

Rubén corrió hacia ella y la abrazó con todas sus fuerzas.

—¡Vamos a tener una Navidad feliz! —gritó, emocionado.

Al día siguiente, los tres fueron a por el árbol y empezaron a decorar la casa. Llevaban mucho tiempo esperando aquel momento. Todo se llenó de ilusión: cajas repletas de adornos, luces de colores, bolas brillantes, pequeñas figuras… y copos de nieve, muchos copos de nieve.

Mientras colocaban las luces, mamá comenzó a contar una historia:

—Érase una vez un copo de nieve…

Rubén, entusiasmado, continuó:

—Era un copo distinto a todos los demás. Brillaba con una luz especial, como si llevara dentro un secreto mágico…

Mamá sonrió y aquella noche, mientras contemplaban juntos las luces parpadeando, Rubén supo que esa sería la Navidad más mágica de su vida, porque lo más importante estaba de nuevo en casa: los tres, juntos.

Rosas bajo la nieve

En un pequeño pueblo rodeado de montañas, donde el invierno se adueñaba de cada rincón, las calles permanecían cubiertas por un manto blanco que parecía eterno. La nieve caía suavemente, cubriéndolo todo a su paso, pero en el jardín de la casa de Alma se gestaba un pequeño milagro: bajo la nieve florecían rosas, desafiando al frío y a la adversidad.

Alma había vivido allí toda su vida, junto a sus padres y a su abuela, que era florista. Su tienda, El Jardín de las Rosas, era un refugio de colores vibrantes en medio de la blancura invernal. Con su cabello dorado y sus ojos serenos, Alma era conocida por su curiosidad incansable.

Pasaba los días ayudando a su abuela en el jardín, cuidando las rosas, plantando nuevas flores y recogiendo con esmero las más bellas para la tienda. Su abuela solía decir que en aquel pueblo la nieve no era solo un fenómeno natural: también era mágica y revelaba su poder en momentos de verdadera necesidad.

Una tarde, mientras la nieve descendía en silencio, un nuevo cliente entró en la tienda buscando un ramo de flores para su madre. Era Carlos, un joven artista que había regresado a su hogar después de varios años en la ciudad. Alma, sorprendida por su presencia, sintió despertar algo en su interior. Mientras preparaba un ramo de rosas, él se acercó, observó las flores y la miró con curiosidad. Intrigado por aquellas rosas que parecían resistir al invierno, le preguntó:

—¿No se han congelado con la nieve?

Alma sintió cómo se le encendían las mejillas, pero, aun así, sonrió y comenzó a hablarle, con su amabilidad habitual, de cada variedad de rosa.

—A veces, la nieve nos oculta las cosas hermosas que tenemos delante —respondió—, pero también es mágica.

Carlos se llevó el ramo y, cuando llegó a casa y se lo entregó a su madre, el hogar se llenó de abrazos y risas. Aquel lugar cálido y acogedor le devolvió algo que había echado mucho de menos. Le pidió perdón a su madre por haber tardado tanto en regresar y comprendió que el hogar no es solo un sitio, sino también una sensación de calor, consuelo y presencia.

Al día siguiente, Carlos volvió a la floristería por el estrecho camino cubierto de nieve. Mientras avanzaba por el pueblo, donde el tiempo parecía haberse detenido, sentía que cada paso lo acercaba a algo más que una tienda: al otro lado de aquella puerta estaba Alma.

Con el paso de los días, empezó a visitarla con frecuencia. En cada encuentro, la conexión entre ambos se hacía más intensa. Paseaban por el pueblo mientras conversaban durante horas bajo la nieve lenta. Al atardecer, el cielo se teñía de tonos rosados y anaranjados, como el último susurro de luz antes de que la noche cayera del todo. Compartían chocolate caliente en la cafetería del pueblo, donde el aroma del café recién hecho envolvía el ambiente, y Alma sentía que su corazón latía con más fuerza cada vez que Carlos estaba cerca. La química entre los dos era innegable.

Una noche, mientras nevaba, Alma invitó a Carlos a pasear por su jardín. Allí, entre luces tenues y flores cubiertas de escarcha, le confesó que llevaba mucho tiempo esperando a alguien especial con quien compartir su amor por la naturaleza.

Carlos, conmovido, le confesó también sus sentimientos y le dijo que ella le había enseñado a mirar la vida de otra manera.

En ese instante, una ráfaga de viento los envolvió en copos de nieve. Ambos rieron, y Alma sintió que el corazón se le derretía como la nieve bajo el sol.

Aquel invierno quedó para siempre en su memoria como un tiempo feliz. Las rosas bajo la nieve se convirtieron en el símbolo de su amor, recordándoles que incluso en los inviernos más duros siempre hay lugar para la esperanza y la belleza. En aquel jardín, los dos encontraron un refugio donde el amor florecía, desafiando al frío y celebrando la vida.

Recuerdos de un día de noviembre

En la bruma del otoño,
nuestras ventanas son marcos abiertos.
Las calabazas adornan las puertas
y los jardines se llenan de colores intensos.

Noviembre llega con su aliento frío,
y el cielo se viste de rojos y grises.
Y aunque en el aire flota un perfume de tristeza,
los crisantemos desafían al tiempo felices.

Junto a los árboles desnudos, despojados de sus hojas,
hay una sombra tenue que dibuja tu silueta.
Y, girando en silencio, busco el calor de tu abrazo,
porque solo junto a ti me siento completa.

Quédate conmigo, amor.
Caminaremos por un sendero de flores.
En este noviembre, tu luz es mi guía,
mientras pisamos un manto de hojas y colores.

Bajo el manto de la nieve

¡Oh, qué hermoso está nevando!
La nieve cubre el suelo con su manto blanco.
La helada se aferra a los árboles
y el aire lleva el aroma limpio del invierno.

Las sonrisas se esconden bajo las bufandas
y las manos buscan refugio
en los bolsillos de los abrigos.
Copos blancos, danzantes, caen del cielo
mientras caminamos juntos
bajo el susurro del frío.

Tu mirada, cálida en medio del invierno,
hace que el tiempo se detenga.
Mi corazón se llena de este instante mágico
mientras el viento acaricia nuestros rostros.

¡Oh, amor, qué hermoso está nevando!
Nuestros cuerpos, besados por la nieve,
parecen esculturas efímeras en el frío,
bajo el cielo gris de un mundo sereno.

Las farolas titilan como estrellas en las calles,
la nieve cruje bajo el trineo tirado por caballos,
y ahora hablas:

tu voz suena dulce a mi lado,
marcando el ritmo del viaje.

Nos detenemos en el corazón
de un paisaje helado,
frente a una cabaña de madera que resplandece.
El humo asciende desde la chimenea,
prometiendo un refugio cálido y acogedor.

A veces pienso
que el amor no entiende de estaciones,
que no escucha al calendario.
Se desliza suavemente entre los sueños
y, en este instante,
florece entre los copos.

A Jacinto López Gorgé

Sentado junto a la ventana de aquel tren,
viajando por el mundo,
con tinta negra escribió *Poesía breve,*
sintiendo un amor profundo.

Y en la soledad de su asiento,
escuchando el murmullo de un mundo extraño,
escribió *Mi corazón, mi casa y mi memoria*
con versos suaves, de un corazón
humano.

Instantes del alma

Amor, te escribo estas líneas y les añado diez fotos del día en que nos conocimos.

Hoy, en San Valentín, uno de los días más especiales del año, me siento profundamente agradecida de tenerte a mi lado. Eres la persona más amable que he conocido; tienes el corazón más grande y el alma más hermosa.

Aquel encuentro en Toledo, mientras los dos hacíamos fotografías, fue mucho más que un simple cruce de caminos. Fue el comienzo de una historia que cada día se escribe con más amor y complicidad.

Recuerdo cuánto me gustaba ver cómo el sol de la mañana se filtraba por las calles estrechas, tiñendo de dorado las piedras centenarias, mientras tú fotografiabas todo a tu alrededor y decías: «Lo mires como lo mires, Toledo siempre enamora».

Recuerdo también cómo la luz se reflejaba en tus ojos mientras capturabas la belleza de la ciudad.

Desde entonces hemos aprendido a disfrutar juntos del mundo, aunque nuestra pasión por viajar y fotografiar existiera mucho antes de conocernos. Contigo he comprendido que el amor es una aventura constante, y sé que los recuerdos que capturamos aquel día cambiaron nuestras vidas para siempre.

Quiero que sepas que cada instante a tu lado ha sido un regalo que guardo en lo más profundo de mi corazón. Me encanta cómo haces que las cosas sencillas se vuelvan extraordinarias. Ya sea un paseo por el parque o mirar nuestras fotos, tu presencia transforma cada momento en algo especial. Tu generosidad ilumina mis días, y la forma en que cuidas a los demás me emociona y me deja sin palabras. Eres una persona maravillosa y mereces todo lo bueno que la vida pueda ofrecerte.

Mi amor por ti crece con cada momento que compartimos, y no puedo evitar imaginar un futuro a tu lado; un futuro en el que sigamos construyendo recuerdos, en el que cada día sea una oportunidad para crecer y aprender juntos.

Amor mío, no voy a hacer una lista de promesas, pero sí quiero que sepas que estoy aquí para ti, en cada paso del camino. Estaré preparada para vivir contigo cualquier aventura que la vida nos depare.

Gracias por ser tú, por amarme como soy y por hacerme sentir la mujer más amada del mundo.

Con todo mi amor.

Reflejos en la laguna

Agua serena y clara al fin.
Un espejo del cielo azul, un lugar de ensueño.
El viento susurra una canción
donde el silencio es el único dueño.

Tu abrazo frente a la laguna me conforta y calma.
Bailan los juncos al compás del viento.
Ellos son testigos callados de nuestro amor real
en el día del amor, en este momento.

En este instante, el tiempo se detiene,
mientras juntos contemplamos el agua turquesa.
Me ofreces bombones de chocolate
y nuestros besos saben a trufa y fresa.

Así, entre bombones y laguna soñada,
formamos recuerdos, trazamos senderos.
Mientras la luz del sol parece huir,
el sabor del amor es eterno y sincero.

Recuerdos en tinta

A Joaquín Castillo Blanco

Te conocí en la feria del libro,
un encuentro que fue mi suerte.
Descubrí un mágico poeta
entre tus letras de aquel poemario reciente.

Tu pluma hizo un poema para mí.
Dejaste huella en el papel tendido,
un eco fiel que el tiempo no deshace.
Tu voz resuena donde el tiempo ha huido.

Nos has dejado fragmentos de tu esencia
en la fuerza que tiene tu verso.
Y, aunque ya no estés,
tus creaciones perduran en la memoria de tus lectores
y del universo.

Amor en la arena

He conocido lugares muy bonitos.
Pero el lugar que me robó mi corazón
está en la orilla del mar
donde nació nuestra canción.

Qué dicha estar aquí, sin más anhelo,
viendo el mar que en su danza besa la arena.
El viento trae tu aroma de jazmín.
La brisa suave besa mi mejilla, mi melena.

Las gaviotas vuelan sobre el azul.
Su canto dulce rompe el aire puro.
Mis labios rojos guardan sal y beso ardiente.
Beso tras beso, construimos nuestro futuro.

La arena cálida bajo nuestros pies,
un símbolo de nuestro amor que crece.
Y, aunque el tiempo nos lleve lejos,
la playa siempre nos pertenece.

Un nuevo comienzo

Lleva en la mano una maleta,
llena de adiós y de anhelo.
Con la mirada triste y perdida,
busca un puerto bajo un nuevo cielo.

Sola camina, con miedos nuevos
que la persiguen de cerca, en su camino.
Pero ella convierte el miedo en gran conocimiento.
Sin mapa, está luchando por su destino.

Mujer migrante, ejemplo de bravura.
Con alma fuerte deja el viejo nido.
Sola camina hasta el nuevo día.
Su rostro lleva el sol que ha resistido.

La lengua nueva es muro y laberinto.
El nuevo diccionario en su mano brilla.
Con cada verbo aprende el nuevo idioma
y cada frase le parece una maravilla.

Migrar es un acto de valentía,
un deseo profundo que el alma siente.
No es un capricho, es necesidad
por tener un futuro mejor, diferente.

Melodía del pasado

A Alma Gluck

Bajo las luces de cristal y oro
suena el eco de una voz frágil pero fuerte.
Las cortinas están recogidas.
El público queda cautivo y se divierte.

El pasado resuena en cada acorde.
En el escenario brilla su figura.
Soprano olvidado, reina del cantar,
tu voz será eterna. No tengo duda.

Mujer

Mujer, humana, frágil en su andar.
Su sonrisa es un velo que cubre el dolor.
Un escudo que protege su corazón de la lluvia.
Pero en sus ojos, como dos estrellas, brilla el valor.

Su piel, un lienzo de historias no contadas.
Su cuerpo es arte divino, es obra maestra.
Pinceladas de suave color
que nacen del amor y que el mundo muestra.

Mujer de valor, amor y gran principio,
del mar trajiste fuerza que te besa,
rompiendo toda duda o amargura,
y acepta el bien con gratitud y lo abraza.

Con calma observa el agua que desliza.
No vive esperando un futuro lejano.
El pasado ya queda olvidado.
Sostiene el presente con su firme mano.

Primavera

Hay en el campo almendros en flor
y mucha poesía en la naturaleza.
Las flores con su explosión de color
son verdaderas estrofas de belleza.

El almendro su manto ya despliega.
Con rosa y blanco el campo se decora.
La abeja dorada su néctar busca.
Un milagro simple se revela ahora.

Bienvenida seas, tiempo de esplendor
que brota vida donde no se espera.
El sol nos brinda su cálida mano
y se siente el pulso alegre de la tierra.

Poesía para ti

Dibujo palabras en el aire,
pero ninguna encaja.
Son formas que se deshacen.
Cojo una hoja en blanco.
Empiezo, de nuevo.
Bajo la luz incierta.
te pienso.
Las emociones me abrazan
en una danza mágica,
y un verso inesperado
resuena en silencio.
En cada palabra encuentro tu presencia.
La mente vuela,
la pluma danza,
un temblor ligero.
Escribir un poema para ti
es simplemente pensarte, nombrarte.
Eres mi musa fiel,
silencio en la tormenta.
Juntos escribimos un poema de amor,
aquí, en este papel blanco.
Y también dibujamos
un mapa de caricias futuras.